KB081966

새는 수행을 한다

人人 사십편시선 023

송창섭 시집
새는 수행을 한다

2016년 6월 27일 제1판 제1쇄 인쇄
2016년 7월 1일 제1판 제1쇄 발행

지은이   송창섭
펴낸이   강봉구

편집   김윤철
디자인   bonggune
인쇄제본   (주)아이엠피

펴낸곳   작은숲출판사
등록번호   제406-2013-000081호
주소   10880 경기도 파주시 신촌로 21-30(신촌동)
전화   070-4067-8560
팩스   0505-499-8560
홈페이지   http://www.작은숲.net
이메일   littlef2010@daum.net

ⓒ 송창섭

ISBN 978-89-97581-99-3 03810
값은 뒤표지에 있습니다.

※이 책은 저작권법에 따라 보호받는 저작물이므로 무단 전재와 무단 복제를 금합니다.
※이 책의 전부 또는 일부를 이용하려면 반드시 저작권자와 '작은숲출판사'의 동의를
  받아야 합니다.

새는 수행을 한다

송창섭 시집

작은숲

누군들 아픔 없이 살아왔겠는가.
멀리 보이는 풍경들이 아름답게 보이는 건
지난한 시간일지라도
헤쳐 나가려는 작은 몸부림이
든든한 버팀목이 되었기 때문이다.

낮은 것끼리 작은 것끼리 없는 것끼리
약한 것끼리 서로 기대어 부빌지라도
그것이 기쁨이 되는 길이요
희망을 품는 삶이 되기를 고대하면서
숨차 오르게 만든 언덕 언저리에
내 살점들을 내려놓는다.

2016년 5월 문정마당에서 송창섭

제2부 장작

제3부 봄

제4부 어머니

제1부

잠자리의 생

봄을 잊고 오래 살았다

봄을 잊고 오래도록 살아왔다
봄을 잊고도 살 수 있는 힘이
몸 안 어딘가에 굴러다닌다는 게 놀라웠다
뼈에 붙어 있는 살은
늘 내 몸 안에 있었지만
내 소유가 아니었다
그림자 속에서도 뼈에 붙어 있는 살은
내 몸 안의 존재가 분명했지만
그것은 언제나 한 뼘씩 비켜난 타인처럼 행동했다
하루를 지탱하는 시간이 길다 해도
주관적인 판단이 개입할 수 있는 기회를 갖는다는 건 쉽
지 않았고
옳고 그름을 따지는 일도
배고픔 앞에서는 쉽게 허물어졌다
망각이 필요하다고 느낄 때 계절의 변신은
어느 죄수의 고백처럼 위태로워 보였다

고개를 떨구고 이승의 마지막 나들이를 준비하는
굵은 주름의 마른잎이
그저 흔들리는 모습을 보여주는 것만으로
허탈한 생을 다독였다
돌이켜 보면 봄을 잊고 너무 오래 살았던 거다

골목길에서

누군가 골목을 지나며 새벽이야, 소리친다

아내는 등을 굽혀 바느질에 몰두하고
햇살은 아내의 굽은 등뼈 위로 씨앗을 털어 낸다
벽시계 그늘에서 빈둥거리던 사내는
귓밥과 목덜미를 물 묻은 손으로 스윽 훔치고는
설레발치며 식사를 끝내자
들고양이의 똥이 마구 흩어져 있는 마당을 가로질러
마른잎과 담배꽁초가 엉긴 골목길로 나선다

능소화가 말라붙은 대문 밖 또 다른 세상엔
밤을 지샌 이슬의 살점이 전신주에 걸려 있고
한 시절 자유로워 보였던 거미줄엔
날파리의 허연 쇄골만 간신히 일렁인다
살아 있는 것들은
무사히 보낸 밤을 자축하듯

부산한 움직임으로 이불을 개고

예상치 못한 풍경에 황망해진 사내는
몸이 움켜쥔 지루함과 꾀죄죄한 나태함을 서둘러 접는데

걸음소리가 툴툴거릴 때마다
그림자를 좇는 흙밥이
돌담을 향해 힘겹게 튀어 오른다

잠자리의 생

일찍 귀가하는 날이면 습관처럼 나는
집 앞에 서서 서녘 하늘을 바라본다
그곳엔 오갈 데 없이 움막 생활을 하는
나이테 굵은 은행나무가 덫에 걸려 파닥인다
해질 무렵이면 은행나무에 매달린 붉은 홍시가
가느다란 삭정이들을 어루만지며 생의 고개를 넘는다
마당을 휘휘 둘러보다가 현관문 앞을 서성이는데
잠포록한 기운이 기왓장 아래로 미끄러지면서
바닥의 희끗거림에 눈길이 머문다
허리를 포개고 몸을 낮추니
빛바랜 날개가 찢기어 고단한 몸으로
임종의 끝자락을 부여잡은 고추잠자리 한 마리
다비식에 참석하려 빗질을 한다
머리를 절반씩 나눈 한 쌍의 큰 겹눈은 담담해 보였고
찢어진 날개는 투명한 채로 그물 문양이 뚜렷하다
지상을 일탈하며 남긴 마지막 흔적인가

조심스레 가냘픈 몸매를 집어 손바닥에 올렸다
꽃대에 앉아 휴식을 취하려 했는지
가슴으로 다소곳이 수그린 양날개가
엄숙한 죽음을 대변했다
잔디밭에 뉜 잠자리의 일생이 가슴을 저린다
흐트러짐 없는 그의 육신이 인간 탐욕을 단죄하는
죽비의 울림으로 다가와 뇌리를 친다
"네 거기서 뭘 하느냐"

새는 수행을 한다

새 한 마리가 조막만하다
조막만하다는 것이 연민의 사유가 될 수 있을까
가냘퍼 보이던 새가 내 눈 앞에서 내 눈을 비웃는다
경중경중 뛰다가도 어느 틈에 포르륵 나는 새
저토록 간명하게 허공을 주무르다니

절구에 앉아 머리로 공이질하며
물을 콕콕 쫀다
갈증의 끈을 풀려는 욕심도 아주 잠깐이다

물 한 모금을 쪼아 먹어도
새는 거저 가져 가는 법이 없다
서분치 않게 물어 나르는 운율이 고단함을 덜어 주는
아
저 짧은 여유
인간들이 처연해지기까지

생의 태초부터 새는 수행修行을 한다

선술집

또 하루를 살 수 있음에 겸허히 맞이했던
젊음이 어설프게 끝나 갈 무렵
난데없이 집의 밥냄새가 그리웠다
고향땅 흙이 구워 내는 구수함이란
그 그리움에 몸서리치는 날이면 뒷골목 판자촌을 좇아
새끼손톱만큼이나 잘은 깍두기나
전신으로 뒤엉켜 서로 목숨을 지탱해 주는 설군은 물
메기알을
이리저리 나무젓가락으로 뒤적이다가
창모자를 눌러 쓴 마주 선 사내와
말없이 한참을 서성대는 그 옆 사내가
불편하지 않기를 바랬다

사람들은 술잔을 기울이며 말을 섞었지만
술잔보다 먼저 몸이 흔들렸고
유리창에 빌붙은 문풍지가 파닥거리는 틈새로

주먹만한 바람이 덩치를 키웠다

도랑 옆을 아슬하게 지나는
시멘트길이 불현듯 서먹해질 즈음
행주를 치대던 구정물은
선술집 어둔 구석에 밀납처럼 옹그리고 있는
낡은 작업복의 사내 발바닥을 핥고 스쳐 갔다

시장에서 「잡다」는 말을 생각하다

대구를 잡을 때나
물메기를 잡을 때나
뱃살 불거진 두툼한 칼을 능란하게 다루는
수산시장 횟집 아주머니
몸통을 잡고는 놈의 목덜미를 쑤욱 누른다
순간 꼬리를 비틀어 제 아가미 벌린 사이로 마구 쑤셔
넣는
어느 크낙한 아픔이 이보다 더할까
너덜거리는 목을 타고 흐른 어혈이 도마 위로 선연하다

녀석은 그렇게 떠나갔다
주검은 재빠른 손놀림을 따라 급속히 해체 되어
물바가지 두어 번 뒤집어쓰더니
채바구니에 털려 검은 비닐 봉지 속으로 사라진다
그의 영혼이 마지막 남은 눈물을 이승에 떨구는 순간
이었다

'아 – 써언타아 궁물이 쥐긴다'

입가에 살점을 묻히며 미각을 즐기는 이들 가운데에
어느 누구도 너를 보며 죄 없다 할 수 있겠는가
법 없이도 착하게 사는 사람이다 양심가다
말할 수 있겠는가
생각했다

벽엔 칙칙한 녹물

태어나던 날의 모습을 또렷이 기억한다
탯줄을 끊고 맨발로 판자촌집을 나섰다
폭이 좁고 길쭉한 창문 하나가 벽화처럼 붙어 있었다
빨래가 바람에 꿈틀대며 향을 풍겼는데
그럴수록 지문은 잡풀 사이로 뿌리를 내렸다

착하다고 믿는 것은 아기의 절대 영감이었다
아이를 둘러싼 담벼락엔 성선설에 관한 믿음이
마른 줄기에서 살아남은 실핏줄처럼 뻗어 있었다
벽은 자신에게 일어난 일에 별다른 관심을 보이지 않
았다
그러는 사이에 무차별 확산되던 안개가 걷혔다
고개를 갸우뚱하며 의심스런 표정의 길을 지나던 이들
그들 중 어느 누구도 입을 열지는 못했다
낯선 함구령은 언제 끝날지 몰랐다
연약한 가지에 새들이 왔다가는 이내 떠나버렸다

빈 자리엔 썩은 나무들의 흐느낌만 정박해 있었다

긴 시간을 정적이 지배했다
벽면은 하얗게 물들었던 지난날을 회상했고
철담장을 타고 내린 녹물은 주위에 흥건했다
흥건한 녹물이 말라붙은 자리는
외면하고 싶은 칙칙함이 수를 놓았다
낮달이 너덜거리는 댕기를 어깨 위로 끌어당기더니
건넛산 능선을 바라보며 허연 웃음을 흘린다

폐선적 자화상

막다른 섬에 닿으면
부질없이 비상하는 수리갈매기의 눈에
무색 안개가 겹으로 몰린다
길쭉하고 시커멓게 치장한 굴뚝 하나
보이지 않는 거대한 바다는
낮밤을 가리지 않고 온몸을 뒤틀며
물비늘을 흩뿌린다
뭍과의 끊임없는 영역 다툼으로
몸집은 비대해지고
몰입이나 집착은 때로
솜털이 품은 비수처럼 경계 대상이다
잿빛 구름 너머로 희미하게 지는
저녁놀은 아무 의미가 없다
돌을 차듯 먼지 쌓인 길 위로 발을 떠민다
사람 손길 잘 닿지 않는 적막한 포구에
봉두난발하고 가슴을 풀어헤친 폐선 하나

쿨럭쿨럭
애써 기침을 하며 누워 있다
바닷가에는 집 떠난 아이 찾으려
허연 목젖을 드러낸 모시조개와
변색한 미역 쭉정이가
한적한 시간들을 위로하고 있었다
한동안 잊었던 내 삶의 자화상이
쏜살같이 나타났다 사라진다
막다른 지평선에 닿으면
혀를 물고 미간에 굵은 선을 그은
얼굴 하나 녹이 슨 채 여전히 누워 있다

하찮은 기억

내가 너를 처음 보았던 것은 사실
처음이라 말하기 훨씬 전이었을 것이다
시간을 꿈꾸듯 강물은 둑길을 서성이다가
굶주린 풀 앞에서 넋을 놓거나
몸을 장황하게 부풀려 위독한 상태에 이르거나
가끔은 일상적인 판단조차 과녁을 벗어나
예상 밖의 지점을 향한다
엉뚱한 말처럼 비칠 수 있겠지만
추락하려는 자의 끝을 본 행인은
적어도 이 시대에는 아무도 없었다
증거가 없는 확신이야말로 그것을 믿은 나는
폐허 속에 갇힌 쓸쓸함에 몸을 기대었다
햇살이 심장까지 파고들며 혈관을 어지럽혔지만
어리석게도 나는 그것을 인지하지 못하고
돌부리를 찬 힘에 쏠려 땅 위로 떨어지면서
그저 하찮은 오후의 기억이겠지 생각했다

시멘트 블록으로 얽어 놓은 허연 뱃살의 담벼락 아래엔
비스듬히 기울어 있는 쓰레기 봉투 너머로
파리떼가 쉼 없이 드나들고
비로소 나는 그렁그렁한 눈물을 쏟아 부었다
미려하고 촉감이 뛰어났던 포장지는
주인으로부터 재빠르게 해고 통지를 받았고
한 순간 허무하게 무대 뒤를 떠났다

슬픔은 슬퍼하는 자만의 몫일 뿐이다

길 위의 노래

하염없이 길을 달린다
길은 그런 나를 늘 앞지른다
무언으로 질타하는 길 앞에 서면 숙연해진다
길의 품이 가멸찰지라도 허튼 수작이나
조그마한 흐트러짐을 용서하지 않는다
길은 스스로 앉았다 섰다 누웠다 일어났다 하며
운명처럼 제 몸을 벼리고 담금질한다
담방담방 두 발이 남긴 흔적으로 길은 닳아 가지만
온 몸을 비틀어 새 꽃잎을 하나씩 떨구는
작업을 게을리 하는 법이 없다
길 위에 몸을 맡기지 않으면
길과 하나가 될 수 없음에
길의 가르침을 터득함이 불가능하다
목젖에 감긴 욕심의 끄나풀을 내려놓으면
격랑에 흔들리던 생의 고비 생의 뿌리가
담백한 맛을 부리며 평온의 경지로 이끈다

자신의 모습을 쉬이 드러내지 않는
길에는 눈이 없지만
길은 길을 달리는 나를 항상 앞서 있어
길고도 깊은 길 언저리엔
나를 지키고 보살피는 어머니의
포근한 자궁이 똬리를 틀고 앉아 있다
이것이 내가 길을 좇아 또 다시 길 위로 나서는
가장 굵직하고 두터운 이유다

달린다는 것은

달린다는 것은
일상사에 안주하여 고인 물 썩듯
고뇌하지 않는 나 자신을
허무는 일이다
쭉정이가 토하는
언어의 자존심과 어설픈 몸짓들은
담백하고 진솔한 비늘이 묻어 있지 않아
생명력이 길지 못하다
벌겋게 달군 쇠붙이를 담금질하는 대장장이의
강렬한 눈빛의 의미를 헤아려 본 적이 있는가
우쭐대던 내 삶의 흔적들은 한낱 쭉정이였다
달린다는 것은
상처 난 부위를 도려내는 소멸과 진통의 과정을 거쳐
옹졸하고 갑갑했던 틀을 판막음하고
새 살을 길러내는 고독한 여로이다
달리기를 하여

밋밋한 삶의 텃밭을 갈아엎고
알토란같은 씨를 뿌리며 일탈을 꾀하는 작업은
그래서
치
열
한
허물 벗기이다

수채화 - 아침

쿵
유리창에 부딪힌 새
처마 아래
가엾다

파르르 떠는 깃털 사이

움을 돋우는 햇살과
제 살을 물다 허물어지는 어둠이
맞물리는

이 경이로운 조짐

제2부

장작

호구산을 올라

호구산*을 마주하여 숨을 고른다
길짐승이 되어 굵은 나목에 둥지를 틀고
얼마 지나지 않아 재를 넘어
숲에서 우러나는 바람소리에 콧등을 묻으면
자아의 어리석음에 주름은 한층 숙성해지고
두텁게 앉은 묵은 때에 소스라치는 눈은
서글픈 시선을 몰아
앵강만의 노도*를 향한다

시간은 무람없이 흘러만 가는 듯하더니
삶의 무게를 은은하게 추궁하고
게으른 걸음으로 한참을 서성였는데도
괜찮아, 하며 어깨를 다독이는 나뭇잎이
조건 없이 발에 밟힌다

서녘 하늘로 이울어 가는 해의 빛살이

어머니의 젖비린내를 풍기며
우물 속의 나를 퍼올린다

* 높이 626.7미터로 납산(원산)이라고도 하며 남해군에 있음.
*「구운몽」, 「사씨남정기」를 쓴 서포 김만중이 귀양살이한 섬.

나무 박제

안개가 바람에 내몰리는 어스름녘
미루적거리던 삶을 이부자리에서 끄집어낸 건
뒷산 허리를 뭉텅뭉텅 잘라 내는
전기톱날의 거친 파열음이었다

조막만한 냇물 소리가 풍경으로 울리는
산자락의 비탈진 마을은
자신을 옥죄는 해탈의 골방이었고

시멘트를 퍼부어 새 길을 닦는 공사장 곁에는
엽록소로 얼굴을 토닥이면서
수만 개의 실가지를 알몸으로 드러낸 나무들이
고유한 삶의 터전을 내어준 채
힘없이 쓰러져 간다

나무의 심성이 불편하다

나무로는 살 수가 없음이 불안하다
나무가 떠난 민둥산은 더 이상 산이 아니었다
산 그림자를 더는 밟을 수 없는
나무들 떠난 마을 뒷산이 망연자실하여 넋을 놓은 날
지붕의 서까래에서 낡은 소리가 떨어진다

마을 사람들 돌담의 묵은 이끼를 어루만지며
지척지척 비탈길을 오르더니
산의 빈 자리에서 괴나리봇짐에 싸인 채
하나 둘 박제가 된다
나무 박제가 된다

나무 생각

너를 곁에 가까이 두면
너로 하여 우직하게 살아갈 수 있는
길이 열릴까
비바람에 두터운 살갗을 내주고도
변함없는 네 표정을 읽는다면
텅 빈 머리에 속살이 차 올라
너를 닮을 수 있을까
즈믄 해를 예언하는 너의 마음을
놓치지 않고 그려 낼 수 있을까
풍상만큼이나 네 살아온 손금을 헤아린다면
네 발을 씻겨 몸으로 어루만진다면
네 안에 나를 담을 수 있을까

그리움 밖에 서 있는 나무야

겨울 나무

바람이 흙먼지 뒤집어쓴다
가을 햇살은 조락한 낙엽으로 담장을 뒹굴고
무궁화나무 산닥나무 측백나무 쥐똥나무 금목서 호랑
가시나무
　－ 언짢은가 새떼들이 추락한
　　　　　　　　　망명한
　　　　　　　　　잠적한 현실
나무들 옹그리며 무언을 깨문다
능금처럼 빠알간 아이들 나무 틈새에서
옹기종기
말뚝박기하고 혹은 깽깽이놀이에 몰두한다
나무가 가져다 준 쓸쓸함
아이들은 겨울 나무로 크고 있다

팽나무

동림마을 뒷길을 오른다
사백 년 묵은 팽나무가 서 있다
풍파만큼이나 몸집은 굵은데
외롭지 않은 듯 홀로 서 있다
비가 오면 꼿꼿이 비를 맞고 서 있다
어쩌다 눈이 오면 눈을 맞고 서 있다
고깔 쓴 눈사람처럼 서 있다
잎이 무성할 땐 몰랐다
나무에게 그토록 많은 가지가 있다니
찬 바람이 일면서 비로소 보였다
가지는 나무를 나무답게 만든다
무수한 가지가 그렇고 잎이 그렇다
새가 깃털을 갈며 둥지를 키우고
햇살에 쫓기는 낮달이 쉬어 간다
흩어진 줄로 알았던 잎들이
굵은 뿌리 실뿌리 가리지 않고

자꾸 모여든다

장작

아궁이에 갇혀 불길에 몸을 내놓은 장작을 본다
타닥 탁 탁
비늘을 떨며 몸 밖으로 풀어내는 소리
사람은 꿈을 그리며 연을 날리는데
장작은 무엇을 바라 불티를 날릴까
나비의 걸음걸이를 떠 올리다 불티 군무에 혼줄을 놓
은 건
혹독한 추위가 조금은 누그러진 늦겨울이었을 것이다
나름 척박한 땅에서도 풍운을 안고 살아왔을텐데
낡아지* 때에는 사랑 받고 귀여움도 차지했을텐데
시방 뭉텅 허리가 잘리고 살점이 떨어져 나뒹굴어도
아픔을 끌어안으려는 무던함
지금껏 버틴 것만으로도 행복하다 여기는 묵은 침묵이
아궁이를 품은 정지와 마당에 그득하다
재로 남는다는 것이 말처럼 쉬운 일이겠는가
사람들

아랫목에 모여 조곤조곤 군고구마를 베어 물거나

걸쭉한 술판에 흐물거리는 노랫가락으로 달아오른 콧등을 문지르거나

구석진 방에서 굵은 허벅지로 이불을 짓이기거나

문틈을 비집고 간간히 쿨럭거리거나

달빛 아래 거시기를 내어 오줌발을 배추밭 철조망에 찍어 문지르거나

인간의 온기로 남아 끝내 다 식을 때까지

장작은 불길에 제 몸을 내어

재로 남을 각오를 다지고 다지는 것이다

* 낡아지 : 작은 새끼 나무, 낡은 나무의 옛말.

나뭇잎

작은 몸
작은 떨림,

제 머금은 이슬
소리 없이 내려놓는다

몸을 가누지 못하고
심한 열병 앓는 사이에도

뿌리로 크는 꿈 키우며
흙내음 손질하는 삶은
아름답기만 하다

와룡산

와룡산이 좋다기에
찾아갔지요

산을 오르는 길
처음 가 보는 좁다란 오솔길
참으로 좋았지요

흙길 밟으며 나무숲 헤매다가
밤 짐승 우는 소리 듣고서야
세상살이의 덧없음에서
한참 떠나왔음을 깨달았지요

여름 나무

강렬한 햇살이 잘게 부서지며
나무 한 그루 길들이기에 여념이 없다

나무들의 질 높은 쾌감은
대지를 갈고 먼우물을 길어
끊임없이 뿌리내리기를 시도하는
맨발의 싱그러움과 무관하지 않아

어쩌면 잡동사니를 끌어 모은 듯 따분해진 세상
숨을 멈추고 갑갑함으로 들여다 보라
뻣뻣해지거나 단조로움에 빠진 의식의 생태계에
수파처럼 돌아오는 건 오 생애의 혼란스러움

조금은 뼈 아프게 조금은 순수하게
시작되는 순환의 논리 속에서
여름 나무는 깨닫게 되리

알몸으로 뿜어내는 쓰르라미의 언어엔 절망이 없음을

소나무 상흔

선산 언덕에 목이 굵은 소나무
마을을 굽어본 지 수백 년 되었다네
눈은 침침하고 노환이 오더니
성한 팔다리마저 휘고 뒤틀려
찌뿌둥한 날씨면 몸이 저리고 짜증도 나지
골이 패일 정도로 터져 나간 살갗에는
저간에 으깨어졌던 삶의 난맥상이 각인 되어
상념을 끌어안은 더께처럼 쌓여 갔다

발 아래 강물이 풀어놓은 시간들이 눈에 닿아
제 생을 내준 묵은 소나무는
우두둑하며 옆구리 갈라진 자리에서 피를 쏟아 냈다
두툼한 아픔마저 이승과의 질긴 인연으로 끌어안았고

무수한 뿌리를 남긴 전설같은 그가
완만하게 휘어져 뒷산을 거스르지 않으려 했던 그가

더러는 이곳을 찾는 낯선 이들의 눈매를 떨게 만들었네

제3부

봄

딱지꽃

사람 떠난 집들이 즐비한 길녘

흙먼지 발로 툭툭 건드리면
삶의 중량만큼이나 아리는 것들
속살 깊이 저며 두고
저 홀로 만찬 준비를 하는 샛노란 딱지꽃
풀숲 가장자리에 어린잎 키우며
수더분하게 피어 있네

민백미꽃

까만 밤
잎 지는 소리에
별빛만 외로워

농투성이의 무너진 흙손
길섶 돌더미를 추스르며

꽃
새하얀 꽃
다발로 피우는데

그리워 만날 이
아득하여라

숲길

어둑해지면 숲길을 걷습니다

나무와 풀, 벌레가 어우러져 사는 마을입니다

가녀린 바람이 이마를 스치면
그만 몸을 뒤척이는 잎사귀 하나
쉬이 잠들지 못하는 우리 영혼입니다

흙내음을 한 움큼 들이켤 때마다
삭정이 안은 겨울밤은 깊어 가고
길 위에 드러난 나무의 뿌리
숲길의 오랜 삶을 말해 줍니다

여러해살이풀

와 닿는 손길 따숩지 않아도
당신 그늘 드리운 곳에
고른 숨결 허물며 당신을 그리워하는
여러해살이풀이었으면 좋겠다

모개나무골 박영감

논 있고
밭 있고

소 있고
쟁기 있어

김 매고
고랑 파고
씨 뿌리고

물 주고
거름 주며

내 여지껏
땅을 시험한다거나
땅의 이치를 거스르지 아니하고

수입 개방 결사 저지 어쩌구 해도
외길 한평생 땅을 노래하며
순교자의 믿음으로 살아왔던 거지

세상이라는 큰 틀이 어그러지면서
믿었던 농사일 그르치고
칠순 나이에 해코지를 당하고 보니
도회지 떠난 아들놈 푸념하듯 하던
현실주의

늘그막에
깨우칠 것이 많음을 새삼 깨달음은
그 현실주의자가 된 때문일까

전우익

희끄무레한 머리칼 쓸어 내리며
삶의 소중한 시간들
파지처럼 많이도 구겨 버린 사람

잠포록한 하늘 바라다보며
이 놈의 사상 논쟁 끊어 버리고
자유꽃 통일꽃 너울거리는 땅
칼칼한 들꽃으로 자라
어우렁더우렁 지내고 싶다던 사람

혼자만 잘 살면 무슨 재미냐고
여우비 맞으며 길 떠난 사람

농촌 소묘

쓰러진 벼 포기 일으켜 세우는 손길 너머로
들녘 사람들의 허리 바수어지는 소리

우– 수– 수–
우– 수 수
들리고

무녀져내린 농심 볏단 높이만큼이나 쌓이는데
강 건너 마을로부터 들려오는 나른한 봄 소식은

꽃을 피우지 못하는 나무
체념과 포기를 요구하는 각서
처럼
더 이상 우리들의 얘기
우리들의 바람은 아니었다

눈 내리는 날

눈 내리는 날 창밖을 바라보았다

창밖은 뒤엉켜 흔들리는 눈송이들의 세상으로 뒤덮여
있었고

그것은 예사롭지 않은 풍경의 시작일 뿐이었다

분명 그곳과 나 사이엔 드러나지 않는 경계선이 가로놓
여 있었고

누구의 잘못도 아니라는 사실이 그저 멋쩍어 보이거나
우울했다

눈발이 굵어지면서

어떤 놈은 슬레이트 지붕 위에 힘겹게 드러눕고

어떤 놈은 다리 난간에 부딪혀 피투성이 몸으로 바닷물
에 곤두박질치고는 흔적 없이 사라지고

알량한 지식인들은 이를 두고 소멸의 미학이라 떠벌리
기도 하지 저런 가엾은

어떤 놈은 골목길 낡고 빛바랜 담벼락 아래로 싸리비에
뭇매 맞듯 내동댕이쳐지고

어떤 놈은 도시 한복판에서 질주하는 자동차에 깔려 시 커먼 주검으로 변하고

어리석은 자아는 말없이 어깨를 옹그린 채 축축한 문명 의 그늘에 묻혀 버림

눈 내리는 날 창밖을 바라보았다, 모든 움직임이 어색 하다

눈 내리는 세상 저편에서 서성이는 많은 사람들은 종일 서로의 시선을 외면하면서 타협점을 찾지 못하고 주변을 하릴없이 맴돌고 있었다

삶의 쭉정이를 만지작거리다가 손을 떼곤 하는 나 자신 을 나는 더 이상 슬퍼할 수 없으리라, 짐짝처럼 거추장스 럽게 여길 뿐이었다

기억하고 싶지 않은 하루는 무척이나 쓸쓸하다

내 어릴 적 기억이

내 어릴 적 기억이 틀림없다면

그것은 모래무지 갈겨니 피라미가 노니는 순수한 개울물이 흐르고 있었고 돌이끼에 깔린 하루살이 애벌레는 밤을 새워 그 무엇인가를 바지런히 꾸무럭거렸어 감나무밭이 즐비한 도랑가에는 낙지다리가 노란 꽃망울로 또아리를 틀고 이리저리 거닐며 우쭐댔지 중심에서 비켜나 있는 탱자나무 울타리는 햇살에 그을린 채 거미들 새 집짓기에 여념이 없었고 나비 잠자리 하늘을 가르는 그곳은 언제나 풋풋한 밭작물과 더불어 가지 많은 나무들의 조막만한 꿈이 실려 있었던 거야

내 어릴 적 기억이 또렷하다면

지금은 신작로 옆 폐허에서 주르르 흘러내리는 먼지를 좀 봐 잡초를 부여안고 지난날의 꿈들 까먹고 있는 모습

무상차

다소곳이 풀밭 가장자리에 앉아 차 한 잔을 마셔 보게 허공의 무질서와 무질서한 현실을 아우르는 차향 차맛을 음미하며 잠시 일상의 잔가지들을 털고 속한 마음을 평정시켜 보게 차를 마시며 침묵의 깊은 흐름 안에서 잃어버렸던 자아를 살포시 찾아내는 일은 소담스러운 즐거움이요 아름다운 고행이 아니겠는가 여보게, 너스레가 길었는지 찻잔이 비어 있네그려 차 한 잔 따라서 마셔 보게 깨끔스러이 말일세 굳이 차가 아니면 어떠한가 그대 간직한 해맑은 영혼이라면 그 또한 각별한 맛이 아니겠는가 자아, 차 한 잔을 마셔 보게나 나를 잊고 그대를 잊는 저 무상차無想茶 말일세

봄

이른 봄 가래질하며
아침 햇살을 보라

눈꽃을 터는 움돋이는
땅속 깊은 곳에서도
투정부리지 않음을

느낄 수 있어

맑은 빛 머금은
아이들 눈망울은
길이 되어
살가운 별이 되어
듬직한 산으로 다가옴을

잠에서 깨어 보라

사랑

당신을 보내고
돌아서면
밤하늘 가득
피어오르는 그리움

제4부

어머니

옷장 - 어머니

어머니가 내려놓은 유품에는 눈길을 사로잡는 물건이 몇 있다 이를테면 서른 해가 넘도록 열고 닫으며 손때가 잔뜩 묻은 옷장 같은 것이 그러하다 손때가 묻었다고는 하지만 엊그제 구입한 것처럼 깔끔하고 원목의 생동감과 향기가 진하게 배어 있는 옷장, 그 안에는 너덜너덜한 기억 저편에 묻혀 있는 하아얀 모시 저고리와 치마가 낮과 밤을 숱하게 갈아 치우며 깊은 잠과 은밀한 거래를 하고 있었다

벽에 빌붙어 있는 시계가 제 그림자를 발로 문질러 흔적을 지운다 어머니가 모시 한복을 꺼내어 한 올 한 올을 손끝으로 만지작거리자 해어진 지문이 뒷집 감나무 가지를 타고 문어발처럼 번져 나갔다 그럴 때면 어머니는 툭 볼가져 나온 이마를 특유의 어정쩡한 웃음으로 가리곤 했다

장을 보고 돌아온 어머니의 한 손에는 늘 새우깡이 봉지째 들려 있었고 또 한 손에는 동그마한 눈을 가진 등 푸

른 고등어 한 마리가 고개를 쳐들고 매끈한 품으로 달랑거리고 있었다 어머니가 살아 있는 모습으로 방문을 열어보고는 풀썩 마루에 주저앉는다 눈 앞을 어른거리는 뜻밖의 회색빛 환영에 눈물은 온 몸을 적시며 마구 흘렀다 그제서야 의자의 빈 자리가 허전하다고 말하는 까닭을 조금씩 알 것 같았다

어머니의 팔뚝엔 자투리 시간을 담은 바구니가 힘겹게 흔들거렸다 옷장에 잠깐 들렀다가 길 떠나는 어머니는 못내 아들 녀석이 불안한 지 옷장 문을 닫을 때마다 삐이걱 삐이걱 소리를 냈다 어머니의 목소리를 빼닮은 삐이걱대는 소리엔 슬픈 향내가 묻어 있었다 그것은 어머니의 생전 울음이었다

커피 - 어머니 1

　어머니는 외할머니께서 살아생전에 하셨듯이 삼 세 끼 수저를 놓으면 어김없이 커피를 마셔야만 하셨지요 커피를 마시지 않으면 밥을 먹은 것 같지 않다며 몸에 좋지 않다는 만류에도 아랑곳없이 커피잔을 들고 홀짝거리며 행여 빼앗기기라도 할세라 건넌방으로 얼른 몸을 숨기셨지요

　설탕이 귀하던 때라 커피가 떨어지면 선물로 들어온 3 킬로그램 설탕 봉지를 내어 수정시장* 단골 상점에 가서 커피와 바꿔 오라며 나에게 잔심부름을 시키곤 하셨는데

　요즘 원두커피며 코끼리똥커피 블루 마운틴 루왁커피 온갖 것들이 쏟아져 나와 커피 애호가들의 입맛을 사로잡으며 사랑을 듬뿍 받고 있어 살아 계셨더라면 어떤 종류의 커피를 즐겨 마셨을지 커피를 보면 고개를 조금 숙인 채 목을 쭈욱 내밀고는 눈을 치켜뜨던 어머니의 모습 이마에 주름고랑을 깊게 파며 잔 테두리에 입맞춤하고는 마냥 기

삐하던 그 철부지 같던 정겨움 아른거리는데

　이 맛있는 커피를 왜 안 드니 원 참 얘도, 라며 측은한 듯
저를 바라보시던 눈빛 잊을 수가 없는데 어머니가 그렇게
맛있다고 하는 커피 저 지금까지도 마시지 않고 있지요

　으음 어머니 오늘은
　어머니 손잡고 양떼가 구름 먼지 일으키며 내달렸다던
저 하늘 바라보던 때를 그리며 문득 한 잔 해야겠다 생각
이 들었습니다 요즘 유행 타고 있다는 그 아메리카노로 말
입니다 괜찮겠지요

* 부산광역시 동구에 있음.

셀렘 - 민트껌 - 어머니 2

우물 하나로 모든 마을 사람들 먹고 살던
시골풍의 1960년 대 서울에서 살 적
어머니는 이따금씩 셀렘-민트껌을 사 오곤 하셨다
한 통에 네 갠가 다섯 갠가 들어 있는 그 껌은
당시 형편으로 보아 쉬이 사서 씹을 수 있는 것은 아니
었다
그런 연유로 밥을 먹을 때엔
씹던 껌을 뱉아 밥상 귀퉁이에 놓아두었다가
밥을 다 먹은 후 조금은 굳어진 그 놈을
다시 떼어 입 안에 넣고는 이가 닳고 턱이 저리도록
오물거렸다 질겅질겅 따닥따닥
그렇게 씹다가 잠자리에 들라치면
아쉬움 속에 또 한번 껌을 뱉아 벽 한 쪽에 붙여 놓고는
아침까지 무탈하여 만나기를 고대했다
수업을 파한 후 집으로 돌아와
벽에 붙여 놓은 껌을 찾다가

어머니가 먼지 앉아 더러워서 떼어 버렸다는 말을 듣
고는

떼고함 지르며 울음 울게 만들었던 껌

흰 색 바탕에 초록색 글로 '해태 셀렘-민트'

'HAITAI salem MINT GUM'이라 적은

앙증맞게 생긴 직육면체 자그마한 종이 상자에

다소곳이 담겨 있었던 녀석

하루 일을 마치고 집으로 돌아오는 어머니의 손에

눈길이 가 닿도록 만들었던

도원동 장독대 - 어머니 3

하늘을 나는 쌕쌕이*를 보며
너댓 살 유년 시절의 추억을 키웠던 곳은
서울 도원동 10번지였지요

집 툇마루에 앉으면 좁다랗고
비뚤비뚤한 골목길 사이로
넉넉한 아카시아나무가 보였고
무수하게 달린 하얀 꽃잎만큼이나
무수하게 짙었던 아카시아향은
후각을 꽁꽁 묶으며 온 동네를 떠돌았지요

대문 가까이에 있는 수도꼭지 곁에는
나이 지긋한 포도나무 두 그루가 있었고
마당 한 켠엔 텃밭이 있어
여름이면 어머니는 한 소쿠리 상추를 씻어
옹그리고 앉은 식구들 쌈을 싸 먹곤 했지요

텃밭 옆으로 담장을 부여잡고 자리한 것이 장독대였는데
크고 작은 독들이 가지런히 놓여
간장 된장 고추장 청국장 묵은지
그런 것들이 가득 담겨 있었지요

한번은 길에서 놀다가 친구가 던진 돌에
머리를 맞아 피가 철철 흘렀는데
외할머니는 다짜고짜 손목을 잡아끌고는 장독대로 가
독 뚜껑을 열고는 맨손으로 된장을 푸욱 뜬 다음
사정없이 머리에 패대기쳤지요

외할머니 어머니 모두 먼 마실로 떠나셨고요
도원동 집터도 지하로 무너져 내린 지 오래지요
고층 아파트의 우람한 근육질을 보며
홀로 남은 내 마음의 벽에는
희미한 장독대만이
빛바랜 그림으로 나부끼고 있지요

* 6 · 25 때 사용한 것으로 '쌔애액 쌔애액'하는 소음이 매우 컸던
터보젯 엔진을 장착한 미군의 제트 전투기.

버트 랑카스타 - 어머니 4

안방 주말의 명화 시간을 서부 영화가 지배하던 무렵

카우보이 모자에 장총을 들고 말을 탄 사나이 먼지를 일깨우며 질풍같이 황야를 가로지르더니 어느 틈에 산자락을 돌아 마을 어귀로 접어든다

주인공이 종횡무진 놀라운 활약을 펼쳐 악당들을 제압하여 동네 조무래기들을 즐겁게 해 주었던 그 시절 영화 중에는 버트 랑카스타라는 배우가 주연으로 등장하는 작품들이 있었는데 어머니는 그를 무척이나 좋아했다

잘 생기진 않았지만 웃는 모습이 매력 있는 사내지, 라며 어머니 좋아하는 이유를 간명하게 짚어 주었지

마루에서 음악을 듣거나 걸레질을 하는 나에게 이따금 부엌문을 열고는 뜬금없이 너도 그렇게 생각하지, 라며 동정표를 구하곤 했던

그럴 적마다 짧고도 긴 침묵이 어머니와 나 사이를 갈랐고

이해 못 하겠다는 듯 한참 동안 묵묵부답하고 있는 나를 어머니는 도리어 이해를 못 하겠다는 듯 에미의 말에 어서 그렇다고 대답을 하라는 표정으로 당황스런 시선을 날리며 깝치기도 했다

그때까지만 해도 나는 랑카-어머니는 그를 이렇게 불렀다-가 누구인지 잘 몰랐다

어머니의 성화에 못이겨 그가 출연한 영화를 보게 된 것은 어쩌면 훗날 당신의 화석을 떠올리게 할 고도의 계략이 깔린 치밀한 묵시적 몸짓이었을 지도 모른다

정작 내가 놀란 것은 훗날에 이른 지금 나는 분명 랑카를 되새김질하며 어머니를 떠 올리고 있다는 사실이었다

베라크루즈, 오케이목장의 결투, 대열차작전, 고독한 사나이, 지상에서 영원으로, 내가 본 영화만 해도 여러 편이었으니

그랬다 랑카는 웃을 때 교교한 빛깔의 가지런한 이를 한

껏 드러내어 눈이 부실 정도의 강한 인상을 풍겼고 파란
색의 눈빛 사이로 흐르는 우수는 그의 서정성 짙은 내면을
엿볼 수 있는 유일한 통로였다

어머니는 늘 그 통로 언저리에서 기웃기웃 그의 상념을
훔치며 홀로 연정을 키웠던 것이다

서부 영화 속에서 여전히 그는 어머니의 이국적인 이름
으로 남아 지난 과거를 반추하도록 나에게 무언의 압력
을 가했으니

그가 바로 영화의 주인공 버트 랑카스타였다

판콜에이 - 어머니 5

1965 겨울 아버지의 사업 실패로
우리 가족은 서울 생활을 청산하고
야간 열차편으로 낯선 부산땅을 향했다
이즈음 어머니는 잦은 병치레를 하면서
판콜에이와 각별한 인연을 맺었고
시간이 지날수록 차츰 끼니보다는
판콜에이를 더 꼼꼼히 챙겨 드셨다

감기 몸살 두통에 최고라던 그 약은
펼친 부채 문양이 선명하게 그려진
작은 병에 들어 있었는데
짙은 고동색으로 몸통을 치장한 작은 병은
하늘로 치켜들고 보아야만
남은 양을 가늠할 수가 있었다

어머니의 두터운 총애를 업고

만병 통치로 군림하며 어머니를
철저히 복종시켰던 이 절대 군주는
30년 세월이 넘도록
어머니의 생사를 쥐락펴락했다

후줄근한 빗줄기가 생선 비늘 떨듯
바닥을 치며 흩어지는 날이면
축축해진 어머니의 음성이 문틈을 비집고
희미하게 흘러나왔다
'야아 어이 시민약국에 가서 판콜에이 하나 사 온나'

연탄 한 장 - 어머니 6

하루 내내 장사를 해서
번 돈이 17원

어머니는 웃으며 방문을 닫고는
그저 말씀하셨다
연탄 한 장 사면 딱 맞구나

십구공탄 정중앙을 관통한 새끼줄에
묵직하게 매달린 생의 숨결이
풍경처럼 달랑거렸던
그 겨울

만화방 - 어머니 7

국민학교 5학년 시절 나는 책가방에 교과서 대신 만화를 잔뜩 넣고는 수업 시간에 그 놈들을 붙잡고 키득거리며 하루를 보냈다 동아전과를 가진 또래 아이들이 부럽기도 했지만 만화를 보는 재미는 그야말로 쏠쏠했다

살기 힘들었던 우리 집은 궁여지책으로 부산 수정동 고관 입구에 만화방을 열었다 세칭 1부집 만화방이었다 이때부터 통행금지가 해제되는 새벽 4시면 나는 이부자리를 털고 잠에 취한 몸을 억지로 일으켜 눈을 비비고는 만화 배달을 해야만 했다

매주 월요일이면 신간이라는 이름으로 스무 권 정도의 새로운 만화들이 쏟아져 나왔는데 일주일 전에 나온 만화는 거두어서 2부집 만화방으로 배달을 했다 그곳에서는 10환을 내면 만화 두 권을 볼 수가 있었다 대여료로 얼마를 받고 만화를 바꾸어 보자기에 싸서는 어둠을 헤집고 울

퉁불퉁한 길을 달려 산복도로를 올랐는데 가로등은커녕 불빛 하나 없는 암흑 천지였기에 무서울 때가 많아 나도 모르는 사이에 뒤를 힐끔힐끔 쳐다보는 습관이 생겨났다

3부집 만화방 주인이었던 과부 아주머니를 만날 때면 나는 매번 혼란스런 갈등을 겪었다 요즘 들어 부쩍 장사가 안 된다면서 좀 깎아 달라고 애원하며 통사정을 하기에 그만 주는 대로 받아 오길 여러 차례 아버지는 이런 나를 가끔은 나무라셨다

마지막으로 4부집 만화방을 찾아 허름한 돌계단을 오르내리며 골목을 누비는데 이 시각이면 특히 겨울철엔 춥고 배가 고파 흐느적거리기 일쑤였지만 참는 것밖에는 달리 뾰족한 수가 없었다 주머니에 만화 대여료로 받은 종잇돈과 딸랑거리는 동전이 한 뭉치 있었지만 사 먹을 데라곤 그 어디에도 없었다 그래도 10환에 대여섯 권은 거

뜬히 볼 수 있는 4부집 만화방에 다다르면 아, 이제 집으로 가기만 하면 되는구나, 하는 기쁨에 잠시나마 허기를 내쫓을 수 있었다

　이렇게 한 바퀴를 돌고 나면 시계는 여섯 시를 훌쩍 넘겼고 나는 하품하는 입에 손을 갖다 대며 집에 들어설 수가 있었다 그때서야 '무사히 잘 다녀왔구나 되게 추웠지 고생했다 어서 씻어라 밥 먹고 학교 가야지' 부엌 바닥에 쪼그리고 앉은 어머니의 목소리가 밀려오는 졸음 사이를 비집고 들려왔다

방앗간 - 어머니 8

설이 다가오면

어머니는
새벽 네 시면 어김없이
쌀 담은 다라이를 이고는
내 손을 낚아채듯
차갑고 어두운 길로 나섰다
골목 어귀에 있는 방앗간에는
가래떡을 뽑으려는 많은 사람들이
이미 줄을 길게 늘어서 있었다
추위에 언 손을 호호 불면
여기저기로 풀풀 날리는 입김들이
아이들 눈에는 장관이었는데
아이들에겐 지루함을 더는
즐겁고 재미난 놀이였다

해마다 설이 다가오면
어머니의 손을 꼬옥 붙잡고
발을 동동 구르며
방앗간에서 뿜어져 나오는
뜨거운 떡 김을 보고는
마냥 좋아했던
누런 일기장 속의 그리움
골목 어귀의 작은 방앗간

찐빵 - 어머니 9

동사무소에서 무료로 배급해 준 밀가루 한 포대로
어머니는 큰 양동이에 이긴 밀가루 반죽을 넣어 빵을
만드셨다
김이 모락모락 피어오르며 풍기는 빵향내는
코끝을 간지럽히며 입 안 가득 군침을 끌어 모았다
어머니표 찐빵의 탄생은 오랜 시간
가난의 질곡에서 헤어나지 못했던 1950년 대 삶의
큰 위로로 기쁨으로 희망으로 자리매김했다
일주일에 한번씩 마포 신석동 동사무소를 찾아
논두렁 길 따라 어머니 손잡고 가노라면
동사무소 옥상에 설치한 확성기에서
'새치기하는 놈은 건빵 안 준다
올해는 일하자 일하는 해다'
노랫소리가 흘러나왔다
가락에 맞춰 콧노랠 흥얼거렸던 그때
동사무소의 누군가가 엄마를 따라온

검정 고무신을 신은 코흘리개 아이들에게
건빵 한 봉지씩을 나눠 주었다
노르스름한 빛깔을 띤 조그맣고 납작한 직사각형 크기에
깨 눈 같은 구멍이 두 개 나 있는
참 달고 맛있는 건빵이었다
별로 먹을 게 없었던 시절 뭐라 해도
최고의 인기 먹거리는 단연코 어머니표 찐빵이었다
둥글고 바닥 넓고 입주둥이 큰 양동이 뚜껑을 열면
화산이 폭발하듯 뜨거운 김이 위로 치솟으며
구수한 냄새를 내뿜었는데
집집마다 와아 하는 아이들 탄성이 터져 나와
하늘을 나는 연으로 솟구치면
눈을 벌겋게 홀리게 만든 어머니표 찐빵이 완성되는 순간이었다
코끝을 벌렁거리게 한
그 그리움은

지금도 여전히 현재진행형이다

번데기 - 어머니 10

뻐 -ㄴ 뻐 -ㄴ
맛좋은 뻔 영양 뻔 건강 뻔

한 쪽 눈이 찌그러져 이상한 총각아저씨
무뚝뚝한 성품에 내뱉는 말투마저 퉁명스러워
다정스런 맛은 없었지만
그런 그에게 나는 조금씩 끌리고 있었다
아침이면 연탄불에 번데기 가득 담은 양은솥을 하얗게
날리는
뜨끈뜨끈한 김에 번데기향을 동네방네 흩뿌리며
장사를 하려 길을 나섰던 그에게 나는
스쳐 가는 동네 여러 꼬마 손님 중 하나에 불과했다
그런 내가 그와 각별한 인연을 맺은 건
나의 남다른 번데기에 대한 사랑 때문이었다
해질 무렵이면 그는 한 솥 담은 번데기를 다 팔았거나
조금 남긴 채로 집 앞을 지났다

나는 쏟아지는 비에 옷이 젖는 날에도
처마 밑에 쭈그리고 앉아 그가 오기를 기다렸다
다 쓴 공책이나 헌 책 따위를 찢어
홀쭉한 소라처럼 길게 돌돌 만 봉지에
찌그러진 숟가락으로 꾸욱꾹 눌러 담아 주는
번데기를 사 먹기 위한 기다림이었다
지극 청승이 이보다 더할까마는
한번은 애가 타도록 기다린 끝에 그를 만났지만
솥은 텅 비어 있었다 운이 좋아
깡그리 다 팔아 버린 것이었다
어린 나에겐 엄청난 실망이었고
눈물샘을 터뜨릴 만치 선 굵은 상처였다
이런 내 모습이 안쓰러웠던지
그는 나를 잘 기억해 두었던 모양이다
이후로 그는 항상 내가 먹을 만큼의 양을
팔지 않고 일부러 남겨 두었다가

집 앞에서 그를 기다리는 나에게 넘겼던 것이다
나는 그의 배려로 해질 무렵
번데기를 굶는 일은 사라져 버렸다
나는 그냥 번데기를 사 먹는 여러 아이 중 하나에서
그가 각별히 신경을 쓰는 확실한 단골손님이 되었던 것
이다
한 봉지에 1원 하는 그 번데기맛이란
어려운 형편에 도톰한 생기를 불어넣었던 원기소 같은 거
번데기와의 짙은 사랑에 빠진 내 모습을 보고는
어머니는 중고등학교 6년 동안 도시락 반찬으로
거의 매일 번데기 조림을 넣어 주셨다
점심 시간 반찬통 뚜껑을 열자마자 친구 놈들 손에
순식간에 팔려 나간 번데기
지금은 그 같은 맛을 찾기란 여간 쉽지 않지만
아쉬움 속에 이따금 중국산 깡통 번데기라도 사 먹는
것은

지난 날 총각아저씨의 무뚝뚝함에 밴 살가운 마음과
어머니의 번데기 손맛이 그립기 때문이다

백합 - 어머니 11

백합은 17세기 유럽 고고한 귀족의 바로크양식 건물 정원에서나 겨우 볼 수 있을 정도로 고결하고 순백한 삶을 살아왔다고 신앙처럼 믿었던 어머니

어머니의 살결은 하얗고 뽀얫는데 하얗고 뽀얀 빛깔을 띤 백합꽃다발을 선물로 받는 날이면 그렇게 좋아할 수가 없었다

5월의 물보라가 면사포처럼 머리에 내려앉는 날이면 어머니는 주문을 외듯 말씀하셨다

애야 혹여 말이야 이 세상에 내가 다시 태어나게 된다면 정말로 다시 태어나게 된다면 말이야 나는 한 치의 망설임 없이 저 돌담 귀퉁이에 다소곳이 앉아 은은하고 강렬한 향기를 소유한 백합이 될 거야

주전자 - 어머니 12

애호박만한 크기의
은빛 주전자
이야기다

오십 년 넘게 풍상을 겪으며
어머니와 동고동락해 온
밑동이며 몸통 주둥이 뚜껑 손잡이
새까맣게 그을리지 않은 살점 한 군데 없는

비위생적이라며
예쁘고 편리한 것들 많다며
버리자 해도
부엌 시렁 위에 난짝 올려놓고는
고집스레 썼던
세월만큼이나 불기를 머금고 고행길 버텨 온
해묵은 주전자 하나

사그락사그락 눈 쌓이는 소리
겨울의 문턱을 넘을 때이면
점점
어머니의 이-목-구-비를 닮아 갔던
그 까만 눈동자의 주전자

아버지의 방

큰 방에 아버지가 주무신다
머리맡에는 어머니의 영정이 커피를 들며
텔레비전을 응시하고 있다
오랜 시간 가슴에 품었던 아린 사연들
뼈마디 끼워 맞추며 집착했던 여든의 이야기들을
어깨 짐 풀듯 내려놓고는
세상을 가로질러 흙으로 걸어가셨다
축축한 슬픔이 자국을 남기고 파삭거리기도 전에
아버지는 건넌방에 튼 둥지를 눈물로 허무셨다
장롱을 옮기고 훔친 먼지를 허공으로 떨구더니
침상을 어머니에 맞춰 단장하고는
어머니와의 동거를 새롭게 시작하던 날
마루에서 우두커니 한참을 서 있다가
큰 방에 들어가 겨우 눈을 붙이신 아버지
벽과 천장이 낯설다며
불을 밝히곤 밤새 이불을 뒤척이셨다

골가실

경상북도 상주시 공성면 봉산리,
차를 타고 굽이길 한참을 돌면
아버지의 잃어버린 전설이 산재해 있는
마을을 만나게 된다

처마에 엉킨 거미줄에서 녹물이 흐르고
논두렁길 따라 검버섯 핀 그늘이 드리우면
소금쟁이가 축지법으로 물 위를 날아오르던 징검다리
를 지난다
일왕을 위해 머리를 떨궈야 했던 국민학교 교정 한 귀
퉁이에
역사의 수레바퀴를 힘겹게 굴려 온 묵은 나무가 증언처
럼 서 있다

기억이 가물거리는 설렘의 땅 그 오욕의 땅을
아버지는 고향이라 부르곤 하셨다

일흔 해만에 찾은 1월 봉산리의 골가실에는
잔설이 온 마을과 낡고 허름한 집들 그리고
산의 봉곳한 능선을 물들이며
순백색의 평온을 그어대고 있었다

마을 어귀에서 노닐던 개의 울부짖음은 이승을 뜨고
경로당을 오가는 사람들 겨우 둘 셋 어른거리는데
낯선 이의 방문에 의아스런 눈매가 연꼬리처럼 길게 늘
어진다
본디 가슴으로 그리워하는 사람이었던 그들

골가실에 봄날의 거친 바람이 몰려온다
상처가 머물렀던 자리에 굳은살처럼 박힌
치유할 수 없었던 흔적들은 언제쯤 사그라질까
뒤안길 끝자락엔 씁쓸한 먼지가 인다

사색의 시 세계 그리고 그리움

송언(동화작가)

1

지금은 기억이 아슴아슴한데 송창섭 형을 처음 본 건 1991년 교육문예창작회 겨울연수 때였다. 무려 25년 전의 일이다. 그때 소설가 김춘복 형님이 그이의 외모를 보더니만 서양의 성격파 배우 '안소니 퀸'을 빼닮았다고 하면서 '송소니 퀸'이라 불렀던 기억이 새록새록 되살아난다. 그 뒤 나는 서울에 줄곧 머물렀고 그이는 삼천포에 있어 서로 만날 기회는 거의 없었다.

그러다가 이태 전이었다. 삼천포로 내려가 송창섭 형을 만날 기회가 찾아왔다. 텁텁한 인상이며 소탈한 마음씨는 오랜 세월이 지나도 그대로였다. 세월의 모진 풍파에도 끈덕지게 변하지 않는 사람이 있다더니 그이가 바로 그런 사람이었다.

우리는 바닷가 횟집에서 술잔을 뒤집으며 오랜만에 회포를 풀었다. 「울음이 타는 가을 江」이란 시로 유명한 박재삼 시인의 고향이 삼천포라는 사실도 그때 알았다. 그 뒤로 여러 차례 송창섭 형을 만날 수 있는 기회가 있었다. 아마도 그런저런 인연 때문이었을 것이다. 느닷없이 시집에 발문을 써 보내라고 다그치니 이러지도 못하고 저러지도 못할 처지여서 한동안 난감했다. 내가 시집 끝자락에 붙는 발문이란 걸 언제 써 봤어야 말이지 원.

2

이번 시집에서 송창섭 형이 길어 올린 시들의 특징은 깊은 사색의 세계를 넘나든다는 데 있다. 생각이 깊지 않은 시인이 몇이나 되겠는가마는 그이의 시는 특히 그러한데, 아마도 병마를 이겨내기 위해 생의 끝자락까지 떠밀려갔다가 되돌아온 경험 때문이 아닐까 싶다. 그래서일 것이다. 그이의 시편에는 삶과 죽음, 밝음과 어둠이 수시로 교차하곤 한다.

움을 돋우는 햇살과
제 살을 물다 허물어지는 어둠이

맞물리는

이 경이로운 조짐

－「수채화－아침」부분

그러니까 시인은 햇살과 어둠이 맞물리면서 교차하는 삶과 죽음의 세계를 '경이로운 조짐'으로 파악하고 있는 것이다. 수산시장의 도마 위에서 처참하게 죽음을 맞이하는 대구나 물메기 따위를 두 눈 크게 뜨고 지켜보면서, '어느 크낙한 아픔이 이보다 더할까 / 너덜거리는 목을 타고 흐른 어혈이 도마 위로 선연하다'면서 물고기의 죽음을 애도하다가도, 막상 시원한 매운탕 국물을 맛볼 때는 답답한 속을 후련하게 뚫어 주는 느낌에 감탄하는 바, 자신을 송두리째 버림으로써 인간에게 참다운 보시를 행하는 매운탕 한 그릇에서도 죽음의 암담함과 삶의 약동적인 순환을 목격하는 것이다. 그런가 하면, '사람 손길 잘 닿지 않는 적막한 포구'에 나뒹굴고 있는 폐선을 보고는 화들짝 놀라며 거기에서 자신의 자화상을 발견하기도 한다. 그만큼 그이의 내면 풍경이 쓸쓸하고 스산하다는 것을 대변해 주는 상징물이 곧 폐선인 것이다. 여러 해 투병을 하면서 가슴 앓이 하던 시간들을 떠올리지 않을 수 없었으리라.

사람 손길 잘 닿지 않는 적막한 포구에
봉두난발하고 가슴을 풀어헤친 폐선 하나
쿨럭쿨럭
애써 기침을 하며 누워 있다
(중략)
한동안 잊었던 내 삶의 자화상이
쏜살같이 나타났다 사라진다

―「폐선적 자화상」 부분

이렇듯 송창섭 형의 시는 삶과 죽음의 세계를 넘나들면서
깊은 사색의 세계로 뻗어나간다. 그이가 가닿고 싶어 하는 궁
극적인 세계는 어떤 곳일까. 그것은 두 말할 것도 없이 욕심
없이 세속을 초월한 무욕심의 세계다. 그리고 무욕심의 세계
야말로 생의 여유를 즐길 수 있는 소탈한 세계이기도 하리라.
하기는 죽음의 언저리를 맴돌았다가 되돌아온 그이에게 이제
뭔 욕심이 더 남아 있겠으랴. 나머지 생을 덤으로 산다고 여기
는 순간 마음은 곧 무욕심의 세계에 가닿지 않겠는가. 그이는
나머지 생애를 수행(修行)하듯 살고 싶어 하는 듯하다. 허공
에 제 발자국 하나 남기지 않고 자유롭게 날아가는 새들을 바
라보면서, 그런 무욕심의 세계를 현실화하기 위해 몸부림치
듯 열망하는 것이다.

절구에 앉아 머리로 공이질하며

물을 콕콕 쫀다

갈증의 끈을 풀려는 욕심도 아주 잠깐이다

물 한 모금을 쪼아 먹어도

새는 거저 가져가는 법이 없다

서분치 않게 물어 나르는 운율이 고단함을 덜어 주는

아

저 짧은 여유

인간들이 처연해지기까지

생의 태초부터 새는 수행修行을 한다

― 「새는 수행을 한다」 부분

　　그이는 투병 생활을 하면서 다른 사람들은 쉽사리 가지 못
하는 새로운 길을 개척하고 있다. 그것은 마라톤 코스 완주이
다. 그이는 여러 마라톤 대회에 참가하여 끝없이 달리고 또 달
렸다. 한번은 내가, 이제 나이도 있는데 마라톤 대회에 참가하
는 걸 그만 두어야 하지 않겠느냐고 넌지시 만류했더니, 돌아
오는 대답이 솔직담백하여 놀랐다. 자기도 그만 쉬고 싶은데
마라톤 대회에 나가 달리고 또 달리다 보면 가슴이 탁 트이고
비로소 살 것 같은 에너지가 저 밑바닥에서부터 솟구쳐 오른

다는 것이었다. 그러니 당분간은 타인이 만류할 수도 그이 스스로 그만 두기도 어려울 것 같다.

아무튼 그이는 길 위를 달리고 또 달리는 행위를 이렇게 풀이한다. '달린다는 것은 / 일상사에 안주하여 고인 물 썩듯 / 고뇌하지 않는 나 자신을 / 허무는 일이다'라고. 또한 '달린다는 것은 / 상처 난 부위를 도려내는 소멸과 진통의 과정을 거쳐 / 옹졸하고 갑갑했던 틀을 판막음하고 / 새 살을 길러내는 고독한 여로이다'라고도 정의하는 한편, 그렇기 때문에 길을 달린다는 것은 '치열한 허물 벗기이다'라고 담담하게 고백한다.

그이가 끝없이 길을 달리는 까닭은 무엇일까. 살아 보려고, 어떡하든 다시 살아 보려고 몸부림치는 자기 단련의 과정이었을까. 병 덩어리를 한사코 제 몸뚱이에서 떼어내기 위한 고육지책이었을까. 꼭 그렇지만은 않은 것 같다. 그이는 「길 위의 노래」라는 시에서 그 이유를 다음과 같이 정의한다. '길은 길을 달리는 나를 항상 앞서 있어 / 길고도 깊은 길 언저리엔 / 나를 지키고 보살피는 어머니의 / 포근한 자궁이 똬리를 틀고 앉아 있다 / 이것이 내가 길을 좇아 또 다시 길 위로 나서는 / 가장 굵직하고 두터운 이유다'

3

한편, 그이는 나무를 닮고 싶어 한다. 나무와 관계를 맺고 있는 시들이 많다는 것이 그 같은 사실을 방증한다. 노거수(老巨樹)의 깊고 너그러운 세계에 가 닿고 싶다는 게 솔직하고 담백한 시인의 마음이다. 나무만도 못한 세속의 옹졸한 삶을 반성하면서 큰 나무와 같은 삶을 살아가기를 갈망하는 것이다. 그렇다고 그이가 큰 나무의 삶에만 집착하는 건 아니다. 나무의 주검이라고 할 수 있는 '장작'을 통해서도 깊은 깨달음을 얻기도 하는 바, 「장작」이란 시에서는 다음과 같이 노래하고 있다. '재로 남는다는 것이 말처럼 쉬운 일이겠는가'라고 하면서, '인간의 온기로 남아 끝내 다 식을 때까지 / 장작은 불길에 제 몸을 내어 / 재로 남을 각오를 다지고 다지는 것이다'라고. 이 노래는 장작에 대한 따사로운 헌사에 다름 아니다.

그이의 소박한 깨달음은 장작에서 나무로, 나무에서 숲길로, 그리고 나무와 숲을 품고 있는 산으로 확장되면서 펼쳐진다. 「숲길」이란 시를 보면, '나무와 풀, 벌레가 어우러져 사는 마을'의 숲길을 홀로 걸으면서 번득 시상(詩想)을 건져 올리는데, '가녀린 바람이 이마를 스치면 / 그만 몸을 뒤척이는 잎사귀 하나 / 쉬이 잠들지 못하는 우리 영혼입니다'라고 노래한다.

이렇듯 시인은 평화롭고 단조로우며 무욕심의 삶을 지향하고 있다. 바람에 제 몸을 뒤척이는 '잎사귀' 하나에서 번득이는 '영혼'을 붙잡아 내는 마음으로 한 세상 살아가고자 하는 것이다. 그런 무욕의 삶이야말로 어쩌면 오래도록 우직하게 살아가는 방식인지도 모른다. 또한 「와룡산」이란 시에서는 이렇게 노래하기도 한다. '흙길 밟으며 나무숲 헤매다가 / 밤 짐승 우는 소리 듣고서야 / 세상살이의 덧없음에서 / 한참 떠나왔음을 깨달았지요'

아무튼 나무와 관계된 시 가운데 절창이 하나 남아 있으니, 다음의 시를 함께 감상하는 것으로 족할 것이다.

너를 곁에 가까이 두면

너로 하여 우직하게 살아갈 수 있는

길이 열릴까

비바람에 두터운 살갗을 내주고도

변함없는 네 표정을 읽는다면

텅 빈 머리에 속살이 차 올라

너를 닮을 수 있을까

즈믄 해를 예언하는 너의 마음을

놓치지 않고 그려 낼 수 있을까

풍상만큼이나 네 살아온 손금을 헤아린다면

네 발을 씻겨 몸으로 어루만진다면

네 안에 나를 담을 수 있을까

그리움 밖에 서 있는 나무야

– 「나무 생각」 전문

나무를 통해 얻은 시인의 깨달음은 차 한 잔을 앞에 놓고도 계속된다. 차를 즐기는 사람들의 심사가 대개 그러하겠지만, 그이 역시 차를 앞에 놓고 깊은 사색에 잠겨들 때가 많다. 그것은 한갓 공상의 세계로 여행을 떠나는 것이 아니라, 자기 성찰의 문을 열어젖히는 또 다른 길이기도 하다. 허깨비 같은 세상사 희로애락에서 한 발자국 벗어나 자신을 되돌아보려는 각성인 것이다. 그리하여 그이는 홀로 '무상차(無想茶)'를 마시면서, 차 마시는 일이 곧, '침묵의 깊은 흐름 안에서 잃어버렸던 자아를 살포시 찾아내는 일'이 아니냐고 묻는다. 나에게 그리고 너에게. 혹은 나와 너의 경계가 허물어진 '나–너'에게. 그리고는 무상차를 마시며 사색에 잠겨드는 행위가 정녕 '소담스러운 즐거움이요 아름다운 고행이 아니겠는가'라고 덧붙인다.

4

어머니에 대한 그리움으로 몸살을 앓아 보지 않은 이가 과연 몇몇이나 되겠는가. 나 또한 그러했다. 어머니를 멀리 북망산 자락에 모셔 놓은 뒤 마음이 허접하고 어수선하면 수시로 차를 몰아 달려가곤 했는데, 그렇게 산에 다녀온 뒤에야 흔들리던 마음이 가라앉곤 했다. 어머니에 대한 그리움은 이 세상 남정네들이 공통으로 앓는 일종의 질병인지도 모르겠다.

송창섭 형의 어머니에 대한 그리움은 남다르고 집요한 데가 있다. 그만큼 어머니에 대한 그리움이 컸다는 것인 바, 그이는 대체로 유년 시절로 돌아가 어머니를 추억한다. 그이의 '어머니' 시 연작은 어머니의 삶을 표상하는 구체적인 물건들과 연결되어 드러날 때가 많다. 그런데 그이가 그토록 집요하게 어머니를 그리워하는 까닭은 무엇일까. 어머니가 없는 삶처럼 기댈 언덕을 잃어버린 무자비한 세상살이가 암담해서이기도 하여 그렇겠으나, 평생을 고생하며 살다 가신 어머니에 대한 미안함, 아쉬움, 안쓰러움 따위가 내면에서 뒤섞이기 때문일 것이다. 누구에게나 그러하듯이 어머니가 거느리고 있는 정서는 따뜻한 위안이자 아늑함이다. 암담하고 차가운 비인간적 세상사를 건너면서 문득문득 어머니를 불러내지 않고는 살 수 없는 현실에 대한 한탄이기도 하리라.

'어머니' 시 연작의 첫 번째는 「옷장 - 어머니」인데, '서른 해가 넘도록 열고 닫으며 손때가 잔뜩 묻은 옷장'은 곧 어머니 자신을 표상한다. 물론 시인은 '옷장'을 통해 어머니만 보는 건 아니다. 유년 시절의 신산했던 자신의 삶도 함께 더듬어 보는 것이다. 시 연작이기 때문에 '옷장'은 시작일 뿐 '커피'를 통해서도 그이는 어머니를 회상하며 현실의 삶 속으로 불러낸다. 그리하여 '원두커피며 코끼리똥커피 블루 마운틴 루왁커피' 등을 대할 때면, 자기도 모르게 커피를 좋아했던 어머니를 떠올리게 되는 것이다. '셀렘-민트껌'에서는 유년의 삶을 회상하는데 그치지 않고, 밥상 위의 갖가지 반찬처럼 당시의 가지가지 추억들을 더듬는 것인데, 훈훈하고 인정 많은 세계에 대한 그리움을 드러내는 장치로 활용된다.

어머니가 수시로 오르내리던 '장독대'도 시에 등장하고, '잘생기진 않았지만 웃는 모습이 매력 있는 사내'라며 어머니가 좋아했다던 미국 영화배우 '버트 랑카스타'도 등장할 뿐 아니라, '감기 몸살 두통에 최고라던 그 약'인 '판콜에이'에 이르러서는 시의 내용이 참으로 눈물겹게 다가온다.

후줄근한 빗줄기가 생선 비늘 떨듯
바닥을 치며 흩어지는 날이면
축축해진 어머니의 음성이 문틈을 비집고

희미하게 흘러나왔다

'야아 어이 시민약국에 가서 판콜에이 하나 사 온나'

—「판콜에이 — 어머니 5」 부분

어디 그뿐인가. 가난하던 시절 십구공탄 '연탄 한 장'도 시에 등장하여 따뜻한 추억을 말해 주고, '방앗간'도 잊히지 않는 장소로 등장해 훈김을 훅훅 뿜어 올리지 않는가. '해마다 설이 다가오면 / 어머니의 손을 꼬옥 붙잡고 / 발을 동동 구르며 / 방앗간에서 뿜어져 나오는 / 뜨거운 떡 김을 보고는 / 마냥 좋아했던 / 누런 일기장 속의 그리움'이란 표현은 한 폭의 그럴싸한 유년의 풍경화가 되어 되살아난다. 김이 모락모락 피어올라 코끝을 간질이며 입 안 가득히 군침을 돌게 하던 어머니 표 '찐빵'도 배고픈 시절의 추억처럼 시에 등장하고, 어머니가 죽으면 그 꽃이 되고 싶다고 했다는 '백합'도 등장하는가 하면, 애호박만한 크기의 은빛 '주전자'도 어머니를 불러내는 데 일조한다.

그러나 '어머니' 시 연작에서 가장 도드라지게 다가와 가슴을 치는 것은 역설적이게도 유일하게 등장하는 「아버지의 방」의 아버지 모습이다.

큰 방에 아버지가 주무신다

머리맡에는 어머니의 영정이 커피를 들며

텔레비전을 응시하고 있다

오랜 시간 가슴에 품었던 아린 사연들

뼈마디 끼워 맞추며 집착했던 여든의 이야기들을

어깨 짐 풀듯 내려놓고는

세상을 가로질러 흙으로 걸어가셨다

축축한 슬픔이 자국을 남기고 파삭거리기도 전에

아버지는 건넌방에 튼 둥지를 눈물로 허무셨다

장롱을 옮기고 훔친 먼지를 허공으로 떨구더니

침상을 어머니에 맞춰 단장하고는

어머니와의 동거를 새롭게 시작하던 날

마루에서 우두커니 한참을 서 있다가

큰 방에 들어가 겨우 눈을 붙이신 아버지

벽과 천장이 낯설다며

불을 밝히곤 밤새 이불을 뒤척이셨다.

이 시에서 드러나는 아버지의 모습은 곧 시인의 내면의 실상이기도 하다. 고단한 삶을 등지고 이제는 세상에 없는 어머니에 대한 그리움을, 광막한 세상에 쓸쓸히 홀로 남게 된 아버지에게 빗대어 표현하고 있는 것인데, 아련하게 읽는 이의 가슴을 헤짓는 바, 시인 또한 어느덧 그때의 아버지의 심정을 헤아릴 만큼 세상을 살아왔기 때문일 것이다.